AF234274

BOURLOTON. — Imprimeries réunies, **A**, rue Mignon, 2, Paris.

COLLECTION PRÉVOST

TABLEAUX

ET ÉTUDES

PAR

COROT

VENTE HOTEL DROUOT, SALLE N° 5

Le Mardi 24 Mai 1887

A DEUX HEURES ET DEMIE

M° CHEVALLIER
COMMISSAIRE-PRISEUR
10, rue Grange-Batelière

MM. HARO FRÈRES
PEINTRES EXPERTS
14, rue Visconti, et rue Bonaparte, 20

1887

CATALOGUE

DE

TABLEAUX

ET ÉTUDES

PAR

COROT

composant la Collection PRÉVOST

DONT LA VENTE AURA LIEU

HOTEL DROUOT, SALLE N° 5

Le Mardi 24 Mai 1887

A DEUX HEURES ET DEMIE

EXPOSITION PUBLIQUE LE LUNDI 23 MAI

DE UNE HEURE ET DEMIE A CINQ HEURES ET DEMIE

M° CHEVALLIER	MM. HARO FRÈRES
COMMISSAIRE-PRISEUR	PEINTRES-EXPERTS
10, rue Grange-Batelière	rue Visconti, 14 et rue Bonaparte, 20

1887

CE CATALOGUE SE DISTRIBUE

A PARIS CHEZ

Me CHEVALLIER	MM. HARO FRÈRES
COMMISSAIRE-PRISEUR	PEINTRES-EXPERTS
10, rue Grange-Batelière	rue Visconti, 14 et rue Bonaparte, 20

CONDITIONS DE LA VENTE

Elle sera faite au comptant.

Les acquéreurs payeront *cinq pour cent* en plus du prix d'adjudication.

A *Messieurs* **HARO** *Frères, Peintres-Experts*

Messieurs,

Je vous confie la vente de mes chers tableaux, c'est avec regret que je m'en sépare. Je les tiens de mon cher maître et ami Corot. Vous savez combien sont précieuses ses études faites d'après nature; j'espère que le public saura les apprécier.

PRÉVOST.

Paris, 10 mai 1887.

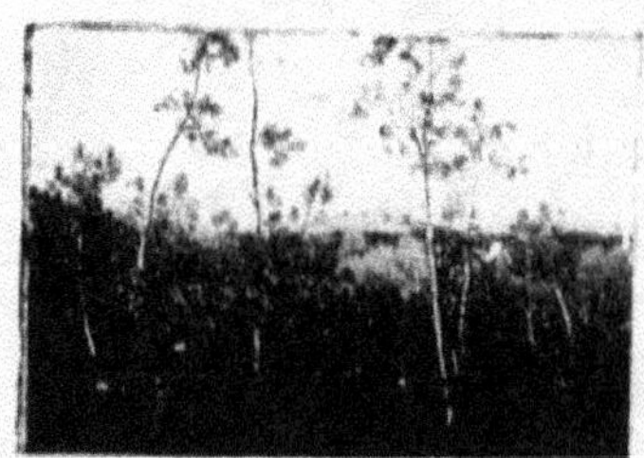

1 — Chapelle aux environs de Rouen.

T. — H., 0m,23. L., 0m,37.

2 — Étang de Millemont (Seine-et-Oise).

T. — H., 0m,22. L., 0m,36.

3 — Souvenir des bords du lac de Némi.

T. — H., 0m,46. L., 0m,55.

4 — Le Mont Valérien pris du bois de
Meudon.

C. — H. 0ᵐ,25. L., 0ᵐ,34.

5 — Entrée du bois de Ville-d'Avray (bout de
l'étang).

B. — H. 0ᵐ,23. L., 0ᵐ,35.

6 — Chemin près Quimper (Finistère).

B. — H. 0ᵐ,23. L., 0ᵐ,36.

7 — Étang de Ville-d'Avray.

T. — H. 0ᵐ,22. L., 0ᵐ,36.

8 — Villa sur les bords du lac de Némi.

B. — H., 0ᵐ,35. L., 0ᵐ,50.

9 — Effet d'orage ; vue prise près de Boulogne-
    sur-mer.

T. — H., 0m,24. L., 0m,39.

10 — Une Entrée de village.

T. — H., 0m,21. L., 0m,36.

11 — Maison de blanchisseur à Ville-d'Avray.

T. — H., 0m,31. L., 0m,39.

12 — Forêt de Rambouillet.

B. — H., 0m,26. L., 0m,24.

13 — Palais de Fontainebleau.

T. marouflée sur carton. — H., 0m,24. L., 0m,30.

14 — Le Ruisseau près Marcoussis.

B. — H., $0^m,24$. L., $0^m,20$.

15 — Intérieur de bois à Ville-d'Avray.

T. — H., $0^m,30$. L., $0^m,36$.

16 — Une Mare sous bois. Forêt de Rambouillet (Seine-et-Oise).

C. — H., $0^m,33$. L., $0^m,23$.

17 — Vue prise près la Bouille (environs de Rouen).

B. — H., $0^m,24$. L., $0^m,24$.

18 — Un Étang sous bois sur la Creuze (Morbihan).

T. — H., $0^m,31$. L., $0^m,25$.

19 — Ruines dans la campagne de Rome.

T. — H., 0^m,38. L., 0^m,54.

20 — Vue prise dans la forêt de Fontainebleau.

C. — H., 0^m,25. L., 0^m,32.

21 — Chapelle près Florence.

B. — H., 0^m,20. L., 0^m,29.

22 — Moulin près Arras.

T. — H., 0^m,14. L., 0^m,26.

23 — Cours d'eau près Arras (Pas-de-Calais).

T. collée sur carton. — H., 0^m,25. L., 0^m,34.

24 — Lisière de bois près Ploërmel (Morbihan).

C. — H., 0m,33. L., 0m,24.

25 — Bords d'un marais près la Ferté-Sous-
Jouarre.

T. — H., 0m,21. L., 0m,34.

26 — Vue prise près Rotterdam (Hollande).

B. — H., 0m,17. L., 0m,26.

27 — Bois de Millemont (Seine-et-Oise).

B. — H., 0m,21. L., 0m,21.

28 — Sous bois; forêt de Fontainebleau.

C. — H., 0m,25. L., 0m,35.

29 — Bois de Ville-d'Avray.

B. — H., 0^m,26. L., 0^m,31.

30 — Vue prise dans le bois de Millemont.

B. — H., 0^m,19. L., 0^m,28.

31 — Le Mont Valérien; vue prise du bas de Sèvres.

C. — H., 0^m,17. L., 0^m,28.

32 — Ville de Chamonix (Haute-Savoie).

C. — H., 0^m,26. L., 0^m,24.

33 — La Hauteur de Franchard. Forêt de Fontainebleau.

T. — H., 0^m,25. L., 0^m,38.

34 — Étang à Orgerus (Seine-et-Oise).

C. — H., 0^m,23. L., 0^m,36.

35 — Environs de Chamonix (Haute-Savoie).

C. — H., 0^m,21. L., 0^m,33.

36 — Sous bois à Gros-Rouvres (Seine-et-Oise).

C. — H., 0^m,39. L., 0^m,26.

37 — Vue prise près Mantes (Seine-et-Oise).

Effet de soleil couchant.

T. — H., 0^m,14. L., 0^m,35.

10053. — BOURLOTON. — Imprimeries réunies, A, rue Mignon, 2, Paris.

RED. :

21

graphicom

0 1 2 3 4 5 6 7 8 9 10

ÉTUDE HISTORIQUE ET CRITIQUE

SUR LE

CONSENTEMENT DES ASCENDANTS

AU MARIAGE

> « Il faut perfectionner nos lois civiles si
> « nous voulons qu'elles restent pour le
> « monde des leçons et des modèles de jus-
> « tice et de raison ».
> BOISSONADE, *Revue pratique*, 1868, p. 67.

THÈSE POUR LE DOCTORAT

L'ACTE PUBLIC SUR LES MATIÈRES CI-DESSUS

Sera présenté et soutenu le 26 Mai 1899 à 1 heure.

PAR

FRANK BERNARD

Avocat à la Cour d'Appel

Président : MM. CHÉNON, *professeur.*
Suffragants { LEFEBVRE, *professeur.*
PLANIOL, *professeur.*

PARIS

...E DE LA SOCIÉTÉ DU RECUEIL GÉNÉRAL DES LOIS ET DES ARRÊTS
ET DU JOURNAL DU PALAIS
Ancienne Maison L. LAROSE et FORCEL
22, *rue Soufflot*, 22
L. LAROSE, Directeur de la Librairie
1899